S0-BXG-748

OÙ ES-TU, CATHERINE?

Robert Munsch
Illustrations de Michael Martchenko

Texte français de Christiane Duchesne

Éditions
■ SCHOLASTIC

Catalogage avant publication de Bibliothèque et Archives Canada

Munsch, Robert N., 1945-
[Something good. Français]

Où es-tu, Catherine? / Robert Munsch ; illustrations de Michael Martchenko ;
texte français de Christiane Duchesne.

(Munsch, les classiques)
Traduction de : Something good
ISBN 978-1-4431-4314-1 (couverture souple)

I. Martchenko, Michael, illustrateur II. Duchesne, Christiane, 1949-,
traducteur III. Titre. IV. Titre : Something good. Français V. Collection :
Munsch, Robert N., 1945- . Munsch, les classiques.

PS8576.U575S614 2015   jC813'.54   C2014-906186-2

Copyright © Bob Munsch Enterprises Ltd., 1990, pour le texte anglais.
Copyright © Michael Martchenko, 1990, pour les illustrations.
Copyright © Éditions Scholastic, 2015, pour le texte français.
Tous droits réservés.

Il est interdit de reproduire, d'enregistrer ou de diffuser, en tout ou en
partie, le présent ouvrage par quelque procédé que ce soit, électronique,
mécanique, photographique, sonore, magnétique ou autre, sans avoir obtenu
au préalable l'autorisation écrite de l'éditeur. Pour la photocopie ou autre moyen
de reprographie, on doit obtenir un permis auprès d'Access Copyright, Canadian
Copyright Licensing Agency, 1, rue Yonge, bureau 800, Toronto (Ontario)
M5E 1E5 (téléphone : 1-800-893-5777.

Édition publiée par les Éditions Scholastic, 604, rue King Ouest,
Toronto (Ontario) M5V 1E1 avec la permission d'Annick Press.

5 4 3 2 1   Imprimé au Canada 119   15 16 17 18 19

Pour Tyya, Andrew, Julie
et Ann Munsch
de Guelph, en Ontario

Catherine fait l'épicerie avec son papa, son frère et sa sœur. C'est elle qui pousse le chariot. Elle remonte une allée, en descend une autre, remonte une allée, en descend une autre, puis une autre…

— Mon papa n'achète pas souvent de bonnes choses, dit Catherine. Il achète du pain, des œufs, du lait, du fromage, des épinards, rien de bon. Il n'achète PAS DE CRÈME GLACÉE, PAS DE BISCUITS, PAS DE CHOCOLAT, MÊME PAS DE BOISSONS GAZEUSES!

Catherine s'éloigne en douce et prend un chariot pour elle toute seule. Elle le pousse jusqu'au rayon des surgelés et elle y met cent pots de crème glacée.

Elle arrive derrière son papa.

— REGARDE, PAPA!

Son papa se retourne et pousse un cri.

— AÏE!

— ÇA, C'EST BON! dit Catherine.

— Ah, non! dit son papa. C'est bourré de sucre. Ça donne des caries. Ça rend bête. Va REMETTRE tout ça à sa place.

Catherine va remettre les cent pots de crème glacée à leur place. Elle veut vite rejoindre son papa, mais elle doit passer par l'allée des bonbons. Elle met trois cents tablettes de chocolat dans son chariot et arrive derrière son papa.

— REGARDE, PAPA!

Il se retourne et pousse un cri.

— AÏE!

— ÇA, C'EST BON! dit Catherine.

— Ah, non! dit son papa. C'est bourré de sucre.
Va REMETTRE tout ça à sa place.

Catherine va remettre toutes les tablettes de chocolat à leur place.

— Écoute, Catherine, j'en ai assez. Tu restes ici et tu NE BOUGES PAS D'UN POIL, ordonne son papa.

Catherine sait qu'elle est dans un FICHU pétrin, alors elle reste là SANS BOUGER D'UN POIL. Ses amis passent et lui disent bonjour. Catherine ne bouge pas. Un monsieur lui écrase l'orteil avec son chariot. Catherine ne bouge toujours pas.

Une dame du magasin s'approche d'elle et la regarde. Elle l'examine de bas en haut et de haut en bas. Elle lui donne un petit coup sur la tête. Catherine ne bouge pas d'un poil.

— Je n'ai jamais vu une aussi jolie poupée, dit la dame. On dirait une vraie petite fille.

Et elle lui colle sur le nez une étiquette qui indique 29,95 $. Puis elle la soulève et la pose sur la tablette avec les autres poupées.

Un monsieur passe et observe Catherine.

— Je n'ai jamais vu une aussi jolie poupée, dit-il. Je vais l'offrir à mon fils.

Il la saisit par les cheveux.

— ARRÊTEZ! rugit Catherine.

— AAAAAAAH! ELLE EST VIVANTE! crie le monsieur.

Il se sauve en courant dans l'allée et fait dégringoler cinq cents pommes.

Une dame passe et observe Catherine.

— Je n'ai jamais vu une aussi jolie poupée, dit-elle. Je vais l'offrir à ma fille.

Elle la saisit par l'oreille.

— ARRÊTEZ! rugit Catherine.

— AAAAAAAH! ELLE EST VIVANTE! crie la dame.

Elle se sauve en courant dans l'allée et fait dégringoler cinq cents oranges.

Puis le papa de Catherine arrive. Il cherche sa fille.

— Catherine? Catherine? Où es-tu?... Catherine! Mais que fais-tu là?

— C'est ta faute, dit Catherine. Tu m'as dit de ne pas bouger et les gens essaient de m'acheter, OUAAAAAAAAAH!

— Allons donc, dit son papa. Jamais je ne laisserai quelqu'un t'acheter.

Il lui fait une grosse bise et un gros câlin. Puis ils passent à la caisse.

Le caissier regarde Catherine.

— Monsieur, dit-il, vous ne pouvez pas sortir du magasin avec cette petite fille. Il faut la payer. C'est bien affiché sur son nez : vingt-neuf dollars et quatre-vingt-quinze sous.

— Attendez, dit le papa de Catherine. C'est ma fille. Je ne vais pas acheter ma propre fille!

— Si elle a une étiquette, il faut payer.

— Non, je ne paierai pas, dit le papa.

— Oh, oui, vous allez payer, dit le caissier.

— NOOOON! dit le papa.

— OUIIIII! dit le caissier.

— NOOOON! dit le papa.

— OUIIIII! dit le caissier

— NOOOON! crient en chœur le papa, André et Julie.

Puis Catherine dit calmement :

— Papa, d'après toi, je ne vaux pas vingt-neuf dollars et quatre-vingt-quinze sous?

— Euh… Hum… Bien sûr que tu vaux vingt-neuf dollars et quatre-vingt-quinze sous, dit son papa.

Il sort des billets de son portefeuille, paie le caissier et retire l'étiquette du nez de Catherine.

Catherine fait un gros bisou à son papa, SMAAAAC! Et aussi un gros câlin, MMMMMMM!

— Papa, dit-elle, tu as enfin acheté quelque chose de bon!

Alors sans dire un mot, son papa la prend dans ses bras et la serre très fort à son tour.

FIN

D'autres livres de Robert Munsch

Et les Classiques